妖怪《ようかい》ハンター・ヒカル

かえってきた雪女《ゆきおんな》

斉藤 洋・作　大沢幸子・絵

もくじ

大《おお》がま武士《ぶし》

ヒカルが前回《ぜんかい》つかまえた妖怪《ようかい》たち

幽霊船《ゆうれいせん》

江戸《えど》時代《じだい》、霧《きり》の日に座礁《ざしょう》して人間《にんげん》にすてられた、千石船《せんごくぶね》の幽霊《ゆうれい》。荷物《にもつ》を運《はこ》びたがっている。

さとり

人の考《かんが》えていることがすべてわかる。いやなことばかり考《かんが》える人間《にんげん》にうんざりしている。

妖怪《ようかい》フクロウ 金剛丸《こんごうまる》

人間《にんげん》の言葉《ことば》をしゃべる。妖怪《ようかい》・百目《ひゃくめ》の知りあい。

まずは自己紹介《じこしょうかい》

よく、〈猫《ねこ》は一年のうち、暑《あつ》いと思う日が三日しかない。〉っていうけれど、どうやらそれはうそらしい。それはつまり、猫《ねこ》はそれくらい寒《さむ》がりだということをおおげさにいっているのだ。

ところでぼくは一年のうち、寒《さむ》いと思《おも》う日が一日もない。というか、ぼくは生まれてから一度《ど》も寒《さむ》いと感《かん》じたことがない。それで、ぼくは冬、外にいくときでもTシャツに半ズボンで、まったく問題《もんだい》ない。

けれども、みんながコートなんかきているのに、ぼくだけTシャツに半ズボンっていうのは目だつから、いちおうぼくも、冬になるとセーターなんかきたりする。

寒《さむ》さを感《かん》じないのはぼくの特異体質《とくいたいしつ》のようなものだ。それから、これは特異体《とくいたい》質《しつ》っていえるかどうかわからないけど、暗《くら》いなあと思っていると、あたりが明るくなることがある。このごろでは、まわりに火の玉がとんで、それが電気スタンドのかわりになったりする。

それはともかく、ぼくはふだん、ふつうの小学生をやっているけれど、じつは、〈東神鉄道特別《とうじんてつどうとくべつ》顧問《こもん》〉というかたがきももっている。東神鉄道《とうじんてつどう》というのは、東京《とうきょう》と神奈川《かながわ》をむすぶ鉄道《てつどう》会社で、東神《とうじん》グループの中心会社だ。グループの中には、テーマパークの〈トウキョウ・オールディーズランド〉がある。

東神《とうじん》グループの会長は波倉四郎《なみくらしろう》という名のおじいさんで、この人は電気じかけやコンピューター管理《かんり》ではない新しいテーマパークを瀬戸内海《せとないかい》の島《しま》に作ろうとしている。その名も、〈瀬戸内妖怪島《せとうちようかいとう》〉！

波倉四郎《なみくらしろう》会長はその〈瀬戸内妖怪島《せとうちようかいとう》〉のために、ほんものの幽霊《ゆうれい》や妖怪《ようかい》をあつめているのだ。そして、〈東神鉄道特別顧問《とうじんてつどうとくべつこもん》〉というのは、幽霊《ゆうれい》や妖怪《ようかい》をあつめるための陰陽師《おんみょうじ》、つまり妖怪《ようかい》ハンターなのだ。

ぼくのうちには〈封怪函《ふうかいかん》〉という、妖怪《ようかい》をとじこめることができる鉄《てつ》の小《こ》箱《ばこ》がつたわっていて、その小箱《こばこ》のことや、ぼくがちょっとだけふしぎな力をもっていることをしらべあげ、波倉四郎《なみくらしろう》会長がぼくをやとったというわけだ。

そうそう、陰陽師《おんみょうじ》といえば式神《しきがみ》がつきものだ。式神《しきがみ》というのは陰陽師《おんみょうじ》の助手《じょしゅ》のようなものだけど、ぼくの式神《しきがみ》は黄金白銀丸《こがねしろがねまる》という白猫《しろねこ》で、左目が金色で右目が銀色をしている。黄金白銀丸《こがねしろがねまる》というのは長いから、ふだん、ぼくはシロガネ丸《まる》ってよんでいる。シロガネ丸《まる》はふだんから、猫《ねこ》としてはすごく大きいほうだが、ときどき、トラみたいに大きくなったりする。

　そのシロガネ丸《まる》がいうには、ぼくは陰陽師《おんみょうじ》としては半人前どころか四分の一人前だそうだ。たしかに、使《つか》える術《じゅつ》は〈燕火放炎《えんかほうえん》〉しかない。ボールを投《な》げるようなかっこうで腕《うで》をふりおろしながら、連続《れんぞく》して手をじゃんけんのグー、チョキ、パーの形にするのだ。すると、野球《やきゅう》のボールくらいの火の玉が手からとびだしていく。このとき、呪文《じゅもん》を少しかえることによって、火の玉がまっすぐとんだり、まがってとんだりする。まあ、野球《やきゅう》の直球《ちょっきゅう》と変化球《へんかきゅう》のようなものだ。

　ところで、ぼくたちはもう、いくつものというか、何人ものというか、妖《よう》怪《かい》たちを〈瀬戸内妖怪島《せとうちようかいとう》〉につれていっている。たぶん、波倉《なみくら》会長もぼくたちのしごとぶりに満足《まんぞく》してくれていると思う。

かえってきた雪女《ゆきおんな》

一　ぼくよりたいぐうがいいシロガネ丸《まる》と感《かん》じられない妖気《ようき》

ジー、ジー、ジー、ジー……。

あけはなったまどから、アブラゼミの声がうるさくきこえている。

さっき、こっそりエアコンのスイッチをオンにしておいたら、母さんがやってきて、ぼくのへやを見わたしてから、こういった。

「コガネシロガネ丸《まる》さんがいないなら、エアコン、とめときなさい。電気代《だい》、ばかにならないんだからね。それに、電気の使《つか》いすぎは、地球温暖化《ちきゅうおんだんか》の原因《げんいん》のひとつなのよ。あ、それから、夏休みだからって、ごろごろしてちゃだめよ。」

うちでは、ぼくよりシロガネ丸《まる》のほうがたいぐうがいい。まあ、それもしかたがないかもしれない。なにしろ、シロガネ丸《まる》は東神《とうじん》グループ会長からあずかっていることになっていて、毎月、シロガネ丸《まる》のあずかり賃《ちん》としてふりこまれてくる金額《きんがく》は、父《とう》さんが会社からもらっている月給《げっきゅう》より多いのだ。

そのシロガネ丸《まる》は、朝、どこかに出かけていったきり、かえってこない。

もうすぐおひるだ。

ぼくは寒《さむ》いと思ったことは一度《ど》もないけれど、夏は暑《あつ》い。

やっぱり、こっそりエアコンのスイッチを入れよう……。

そう思《おも》ったぼくが、エアコンのリモコンを手にもったとき、まどべでコトリと音がした。

シロガネ丸《まる》だ。シロガネ丸《まる》がもどってきて、口にくわえていたものをまどのさんの上においたのだ。

「うう、冷《つめ》たかった。」

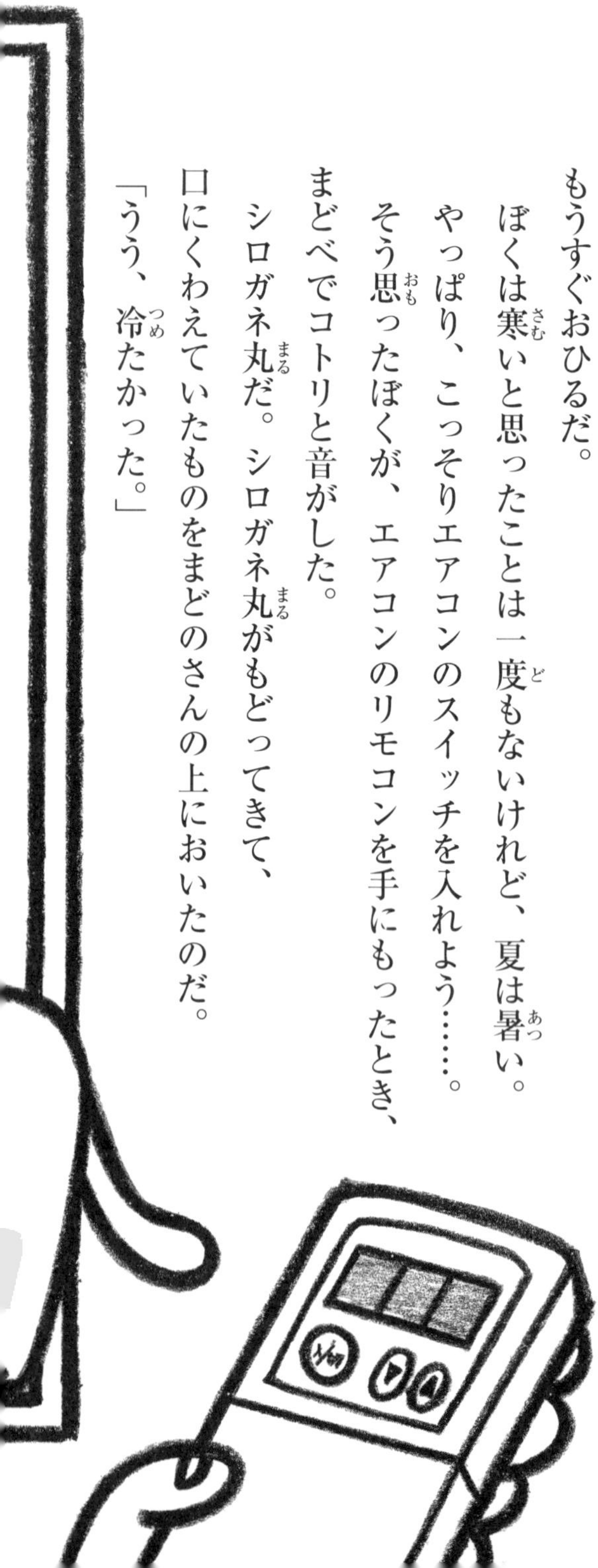

シロガネ丸《まる》はそういうと、口を大きくあけて、おかしな声をあげた。

「あー、えー、いー、おー、うー!」

「なに、それ?　アナウンサーの発声練習《はっせいれんしゅう》?」

シロガネ丸《まる》さえへやにいれば、エアコンは使《つか》いほうだいだ。ぼくは、けいきよくリモコンのスイッチをオンにして、そういった。するとシロガネ丸《まる》は首をふった。

「ちがう。あんまり冷《つめ》たくて、口がかじかんだから、ちょっと口をうごかしたのだ。大きさも、口いっぱいだったしな。」

シロガネ丸《まる》はそういうと、まどのさんの上においたまるいものに目をおとし、

「これ、さわってみろよ。」

といった。

ぼくはまどべにいき、シロガネ丸《まる》がくわえてきたものを手にとった。

野球《やきゅう》のボールよりちょっと小さく、ずいぶんかたい。緑《みどり》のような灰色《はいいろ》のような色をしている。

「なに、これ？」

ぼくがたずねると、シロガネ丸《まる》はあきれたような顔をしていった。

「おまえ。やっぱり、寒《さむ》いとか冷《つめ》たいとかいうの、わからないんだな。よくそうやって、さわっていられるぜ。それ、ナシだ。ガチンガチンにこおってるけど。」

そういわれてみれば、たしかにくだもののナシだ。

「そういえば、そろそろナシのシーズンだね。だけど、どうしたの、これ。こんなにこおらせちゃって。」

ぼくがそういうと、シロガネ丸《まる》は
うしろ足で首をかいてから、いった。

「こおらせちゃってって、べつに、おれが
やったわけじゃない。」

「じゃあ、だれがやったんだ。」

「さあ……。」

とつぶやくようにいってから、シロガネ丸《まる》はぼくの顔をじっと見た。そして、

「おまえさ。冷《つめ》たいのはわからないにしても、なんか感《かん》じないか、それ？」

といった。

ぼくはナシに鼻《はな》をつけて、くんくんにおいをかいでみたけれど、なにしろ
こおっているのだ。においなんか、まるでしなかった。

「べつに……。」

ぼくのへんじに、シロガネ丸《まる》はますますあきれ顔をした。

「おまえさ、いちおう陰陽師《おんみょうじ》なんだから、なんか気づけよ。気づかないまでも、なんか感《かん》じるだろ、そのナシ。」

ぼくがナシをじっと見て、

「そういえば、このナシ……。」

というと、シロガネ丸《まる》は、うんうんと小さくうなずいて、さきをうながした。

「そういえば、なんだ？」

「そういえば、かなり小さいんじゃないか。ひとついくらっていうより、一パックいくらで売ってる、安《やす》いやつなんじゃぁ……。」

ぼくのことばに、シロガネ丸《まる》はまえのめりに、まどべからおちそうになった。だが、そこをぐっとふみとどまって、ためいきをついた。

「あーあ。やっぱりまだ陰陽師《おんみょうじ》としちゃあ、半人前以下《いか》だな。そのナシからただよっている妖気《ようき》に気がつかないんじゃあな。」

「妖気《ようき》ねえ……。」

ぼくは妖気《ようき》なんて、ぜんぜん感《かん》じられないので、首をかしげるしかなかった。すると、シロガネ丸《まる》はいった。

「妖気《ようき》が感《かん》じられなくても、へんだと思《おも》うだろ。」

「へんって、何が？」

「何がじゃないよ、まったく。それ、おれが外からくわえてきたんだ。ここのうちの冷凍庫《れいとうこ》から出してきたんじゃない。」

「そんなの、わかってるよ。うちの冷凍庫《れいとうこ》には今、氷《こおり》と、冷凍食品《れいとうしょくひん》のグラタンしか入ってないからね。」

ぼくのことばをきいて、シロガネ丸《まる》は、

「おまえね。じぶんのうちの冷凍庫《れいとうこ》のなかみを知っている小学生なんて、そうはいないぞ。いっておくけど、ほめたんじゃない。おまえ、このままじゃあ、まともな陰陽師《おんみょうじ》どころか、科学者《かがくしゃ》にもなれないな。」

といい、もう一度《ど》ためいきをついた。そして、それからこういったのだが、なるほどそれはシロガネ丸《まる》のいうとおりだと思わないわけにはいかなかった。

「外《そと》はアブラゼミがうれしがって、ジージーないているほどの暑《あつ》さだ。摂氏《せっし》三十度《ど》はとっくにこえている真夏日《まなつび》っていうやつだ。その暑《あつ》さの中をくわえてきたにしちゃあ、そのこおったナシ、ぜんぜんとけてない。たとえば、そこのコンビニでアイスを買《か》って、ここまでもってきたって、少しはとけるぞ。」

たしかにそのこおったナシはまるでとけず、さっきからそれをもっているぼくの手はかわいたままだったのだ。

二　ナシ畑《ばたけ》の妖気《ようき》と用のあいて

いったいシロガネ丸《まる》はこおったナシをどこで見つけたのか、その現場《げんば》にいってみようということになって、シロガネ丸《まる》につれていかれた場所《ばしょ》というのは、うちから歩いて十分くらいのところにあるナシ畑《ばたけ》だった。ナシ畑《ばたけ》といっても、東京《とうきょう》の町中《まちなか》なのだ。せいぜい幼稚園《ようちえん》の庭《にわ》くらいしかない。

ナシ畑《ばたけ》はフェンスでかこまれていて、とびらにはかぎがかかっていなかった。まだ、ナシのとりいれには早いのか、人はだれもいない。

シロガネ丸《まる》はさきにたって畑《はたけ》に入ると、ナシの林をぬって、ちょうど畑《はたけ》のまん中あたりにある一本のナシの木の下に立った。

「ほら、地面《じめん》を見てみろ。」

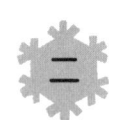

シロガネ丸《まる》にいわれて、木の下を見れば、たくさんのナシが地面《じめん》にころがっている。ひとつひろってみると、シロガネ丸《まる》がもってかえってきたナシと同じように、ガチンガチンにこおっていた。

ぼくがひろったナシを見つめていると、シロガネ丸《まる》がいった。

「ふつうの人間なら、そうやって手にもったりできない。あまりに温度《おんど》が低《ひく》くて、手が凍傷《とうしょう》になってしまう。そのナシを手にもってだいじょうぶとは、さすが、蘆屋道満《あしやどうまん》の子孫《しそん》だけあって、特異体質《とくいたいしつ》なんだな。」

ぼくは平安時代《へいあんじだい》のゆうめいな陰陽師《おんみょうじ》の子孫《しそん》らしくて、ぼくのみょうじは芦屋《あしや》で、〈蘆《あし》〉という字は〈芦《あし》〉という字の古い形のようだ。シロガネ丸《まる》がいうには、シロガネ丸自身《まるじしん》、蘆屋道満《あしやどうまん》の式神《しきがみ》だったそうで、それがほんとうなら、シロガネ丸《まる》はもう千歳以上《さいいじょう》ということになる。

それはともかく、ぼくはそのナシの木のみきの色が、まわりのナシの木の色とちがうことに気づいた。その木だけ、みょうに白っぽいのだ。

「木ごと、こおっているのさ。しかも、この木だけな。」

シロガネ丸《まる》は木の下にすわり、木を見あげて、そういった。

「なんでこの木がこうなっているって、わかったんだ？」

ぼくがたずねると、シロガネ丸《まる》は、

「ここはおれの散歩《さんぽ》のときの通り道なんだ。さっき、ここを通ったとき、こうなっていることに気づいた。ついでに、ここにただよっている妖気《ようき》にもな。」

と答えた。

「いったい、だれがこんなことをしたんだろう。まさか、畑《はたけ》のもち主《ぬし》じゃないよね。」

ぼくのことばに、シロガネ丸《まる》は首をふり、

「まさか！　畑《はたけ》のもち主《ぬし》がこんなことをしてどうするんだ。こんなことをすれば、実《み》だけではなく、木もだめになってしまう。それに、ふつうの人間は妖気《ようき》をただよわせたりしない。」

といってから、つぶやいた。

「ここしばらく、散歩《さんぽ》のとき、あとをつけられていることは、気づいていたんだけどな。」

「あとをつけられるって、だれに？」

ぼくがおどろいてたずねると、シロガネ丸《まる》は答えた。

「すくなくとも、おまえのクラスかなんかにいるおまえのファンに、じゃない。おまえのファンがおれのあとをつけてきて、『すみません。この手紙を芦屋《あしや》ヒカルさんにわたしてくださーい！』とかいって、おれにピンクのふうとうをわたした、というようなことじゃない。」

もちろん、ぼくだって、そういうことがおこるとは思っていないけれど、シロガネ丸《まる》のいいかたがいやみっぽかったので、つい、

「そうじゃないって、どうしてわかるんだ。もしかしたら、ぼくのかくれファンかもしれないじゃないか。」

といってしまった。すると、シロガネ丸《まる》は、

「ふうん……。」

といかにもばかにしたように鼻《はな》でわらってから、こんなふうにいった。

「おまえのクラスには、妖気《ようき》がただよっていたり、足首から下しかないやつがいるのか?」

「足首から下しかないって?」

「だからさ。上半身《じょうはんしん》がないだけじゃなくて、足首から上がぜんぜんないやつだよ。おまえのクラスに、そういうやつがいるか?」

「いない!」

とぼくは断言《だんげん》してから、さらにいった。

「だいいち、クラスにファンなんてひとりもいないし、足首から下しかないやつなんて、知りあいぜんぶの中にもいない！　それって、妖怪《ようかい》じゃないか。」

「ま、そういうことになるね。」

「だれ、それ？　っていうか、何、それ？　足首から下しかないやつって。」

ぼくがたずねると、シロガネ丸《まる》はあたりまえのように答えた。

「〈七里《しちり》わらぐつ〉だ。」

「シチリワラグツ？」

「ああ。わらでできているわらぐつの妖怪《ようかい》さ。最速《さいそく》、一歩で七里《り》、つまり二十八キロメートル進《すす》むといわれている。」

「それって、足がはやいだけじゃなくて、ものすごく強かったりする？

木をこおらせたのは、そいつなのか？」

「いや、ちがうだろう。七里《しちり》わらぐつには、そういう力はない。」

とシロガネ丸《まる》にいわれ、ぼくはちょっとほっとした。でも、ほっとするのはまちがいだということにすぐに気づいた。なぜなら、その七里《しちり》わらぐつという妖怪《ようかい》がそんなにすごいやつじゃないにしても、木をこおらせるような妖怪《ようかい》がべつにいるとすれば、そいつはかなりてごわいあいてにきまっている。

「七里《しちり》わらぐつは、おれのあとをつけるとか、そういうつかいっぱしりみたいなことをやっているんだろうな。」

シロガネ丸《まる》はそういうと、こしをあげ、

「ともかく、いったんかえろうか。ここにいてもしょうがないしな。木をこおらせたやつは、おれがここを通るっていうこと知って、やったんだ。ということは、用があるってことさ。」

といって歩きだした。

「きみに用って、いったいどんな用があるのかな。」

ぼくがひとごとみたいにそういうと、シロガネ丸《まる》は立ちどまり、ふりかえった。

「あのな。用があるって、たぶん、おれにじゃないと思うよ。」

「じゃあ、だれに？　東神《とうじん》グループの波倉《なみくら》会長に？」

「会長に用があるなら、とっとと会長のうちにいってるさ。用があるのは、おれとか会長とかにじゃなくて、おまえにだと思うよ。四分の一人前の陰《おん》陽師《みょうじ》のヒカルくんにさ！」

「えーっ？　ぼ、ぼくに？」

とぼくがのけぞりそうになると、シロガネ丸《まる》はもう、出口のほうに歩きだしていた。

「おれひとりなら、フェンスがこわれているところをくぐっていけばいいんだが、おまえといっしょじゃあ、さっき入ったところから出るしかないな。

あーあ、せわがやけるぜ。」

シロガネ丸《まる》は歩きながら、そんなことをいったが、ぼくとしては出口の問題《もんだい》よりも、木をこおらせたやつが、いったいぼくにどんな用があるのか、それが気になった。

「用って、いったいどんな用なんだろう。」

ぼくがそういうと、シロガネ丸《まる》は歩きながら、ふりむいた。

「たぶん、自分からすすんで、瀬戸内妖怪島《せとうちようかいとう》にいきたいっていうようなことじゃないと思うね。ふつうの人間がさわったら、凍傷《とうしょう》になるくらいにナシをこおらせるなんて、就職《しゅうしょく》の売りこみにしちゃあ、あまり平和的《へいわてき》じゃないからなあ。」

それきりシロガネ丸《まる》もぼくも口をきかず、うちにもどったのだった。

三　だいじな無敗伝説《むはいでんせつ》と南フランスでのバカンスのすすめ

その日の午後、シロガネ丸《まる》は大すきなテレビも見ずに、へやのすみでかべのほうをむいて、じっとしていた。夕ごはんのあとになって、やっとシロガネ丸《まる》は口をきいたが、それは意外《いがい》なことばだった。

「どうせ、おまえ、夏休みだろ。このさい、波倉四郎《なみくらしろう》にたのんで、南フランスあたりにいこうか。どう、コート・ダジュールなんて？　バカンスには最高《さいこう》だぜ。」

ぼくはシロガネ丸《まる》の顔をじっと見て、いった。

「きゅうにフランスにいこうなんて、どうしたんだよ。」

「つまりさ、率直《そっちょく》にいうと、このさい、おまえ、にげたほうがいいんじゃあって思うんだよ。おれもつきあってやるから、な、にげろよ。どう、コート・ダジュール。なんなら、カリブ海でも、ケニヤでもいい。遠ければ遠いほどいいんだから、アマゾン川で魚つりっていうのもあるな。」

「あのさ、シロガネ丸《まる》。なんで、ぼくがにげなくちゃならないんだよ。ぼくに用があるっていうやつは、そんなにおそろしいやつなのか。」

ぼくがそういうと、シロガネ丸《まる》はつくえにとびのり、

「ちょっと、これ、見てみろよ。さっき、おまえとかえってくるとき、道でひろったんだ。」

といって、右のまえ足のつめで、つくえの上にあるものをすくいあげた。

それは、白くて長い毛のかたまりだった。

ぼくはその毛のかたまりをシロガネ丸《まる》のまえ足からとって、ほぐしてみた。

毛は一本一本がけっこうかたくて、シロガネ丸《まる》の毛ではないことがわかった。長さは十センチ以上《いじょう》ある。

「これ、なんの毛？」

ぼくがたずねると、シロガネ丸《まる》は答えた。

「たぶん、赤目長耳《あかめながみみ》の毛だ。」

「それって、やっぱり妖怪《ようかい》？」

「ああ、そうだ。目が赤くて、耳が長いから、赤目長耳《あかめながみみ》っていうのだ。白いウサギの妖怪《ようかい》だ。」

「ふうん、ウサギか。ぼくに用があるっていうのは、そのウサギなのかな。」

「たぶん、ちがう。」

と答えてから、シロガネ丸《まる》はいった。

「おまえ、これからも陰陽師《おんみょうじ》をやっていくつもりなら、やっぱりにげたほうがいいと思うんだ。陰陽師《おんみょうじ》にとって、一番やばいことは妖怪《ようかい》にとり殺《ころ》されちゃうことだが、二番目にやばいのは、殺《ころ》されなくても、妖怪《ようかい》に負《ま》けて、負《ま》けたっていううわさがほかの妖怪《ようかい》たちにひろまることなんだ。」

「負《ま》けたっていううわさが流《なが》れると、そんなにまずいのかな?」

「ああ、まずい。なんていうか、妖怪《ようかい》と戦《たたか》って、あいてを負《ま》かす陰陽師《おんみょうじ》はまだ二流《りゅう》なんだよ。評判《ひょうばん》だけで、あいてがビビって、ひれふすようにならないといかん。そのためには無敗《むはい》でいかないとな。」

「無敗《むはい》って、負《ま》け知らずってこと?」

「そうだ。妖怪《ようかい》っていうのは、一回でも負《ま》けたことがあるやつがあいてだと、なめてかかるんだ。そのはんたいに、一回も負《ま》けたことがない陰陽師《おんみょうじ》なんかには、戦《たたか》うまえからにげごしさ。だいじなのは無敗伝説《むはいでんせつ》さ。」

「そういうものなのか、妖怪《ようかい》って。」

たしかに人間でも、ボクシングの選手《せんしゅ》なんか、デビュー以来《いらい》、十五勝無《しょうむ》敗《はい》なんていうと、すごく強そうに見える。

ぼくがへんになっとくしていると、シロガネ丸《まる》はいった。

「七里《しちり》わらぐつはともかく、赤目長耳《あかめながみみ》までひきつれているとなると、こんどのあいてはそうとうなやつだ。な、にげようぜ。」

「だけど、にげたら、波倉《なみくら》会長ががっかりしないか。」

「いや、そのてんはだいじょうぶだ。おまえはまだ子どもだし、陰陽師《おんみょうじ》としての将来《しょうらい》を考えると、にげたほうがいいって、波倉《なみくら》会長もそう思うさ。」

「だけど、にげるっていうのはなあ……。」

ぼくはそういってから、しばらく考えた。

負《ま》けたっていううわさもまずいんだろうけど、にげたっていう評判《ひょうばん》だって、やっぱりよくないのではないだろうか。

ぼくがそんなふうに思っているのを見ぬいたのか、シロガネ丸《まる》は、

「おれはおまえの式神《しきがみ》だから、にげずに戦《たたか》うっていうなら、おれもつきあうけどな。」

といい、それからこういいたした。

「まあ、おまえもまだ子どもだし、あいてだって、命《いのち》まではとろうとしないかもしれないしな。陰陽師《おんみょうじ》としては再《さい》起不能《きふのう》にはされちゃうかもしれないけど、それならそれで、ふつうの人間として生きていきゃあいいだけのことだしなあ……。」

命《いのち》まではとろうとしないかもしれないということばで、ぼくはちょっと勇気《ゆうき》が出てきた。

「とにかく、あって、話をきいてみるっていうのはどうかな。」

ぼくがそういうと、シロガネ丸《まる》はうなずいた。

「話をきいただけでおわるとは思えないが、おまえが

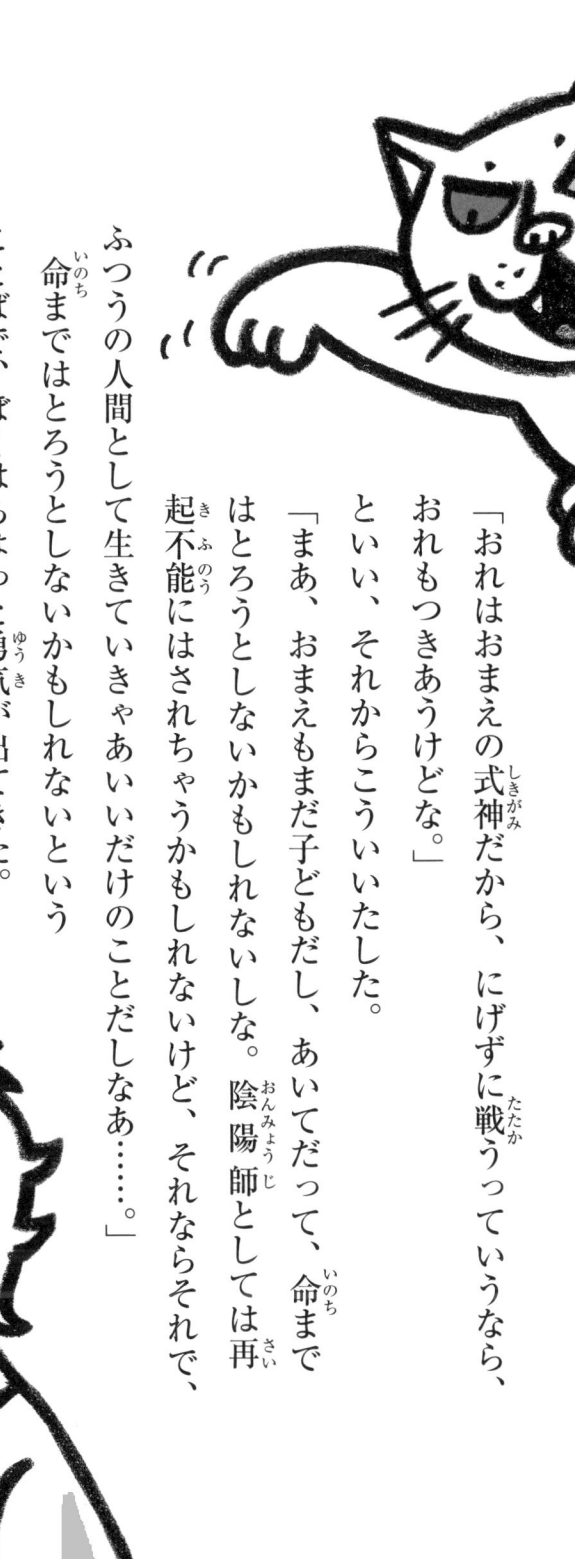

そうしたいなら、そうしてみるか。決心《けっしん》はかわらないな。よく考えろよ。」

「うん。決心《けっしん》した。」

「そうか……。」

と小さくうなずいたシロガネ丸《まる》はちらりとまどに目をやって、いった。

「それなら、ヒカル、ちょっとまどをあけてくれよ。」

「べつにいいけど、エアコン、入ってるから、暑《あつ》くないだろ。」

とぼくはいいながら、へやのまどをあけたのだが……。

「わっ！」

つぎの瞬間《しゅんかん》、ぼくはさけび声をあげて、まどべからとびのいた。

大型《おおがた》トラックのタイヤくらいある大きな赤い目が
まどからへやをのぞきこんだのだ！

ところがシロガネ丸《まる》はべつにおどろいたようすもなく、
その巨大《きょだい》な目にむかって、こういった。

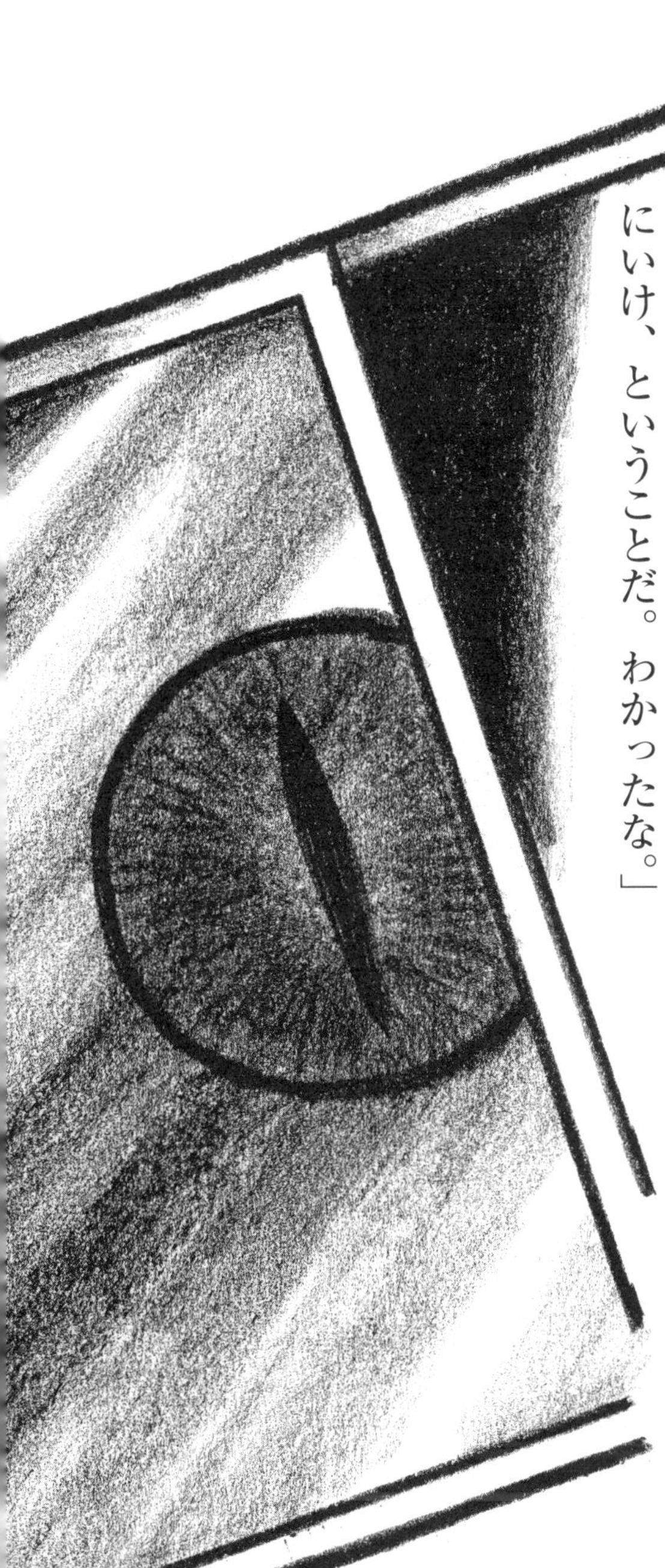

「でっかい耳で立ちぎきしているのは、さっきからわかっていた。きいてのとおりだ、赤目《あかめ》長耳《ながみみ》。蘆屋堂満直系《あしやどうまんちょっけい》の陰陽師《おんみょうじ》、芦屋《あしや》ヒカルさまがそうおっしゃってたと、おまえのおともだちにつたえるんだな。」

すると、外から、まどガラスがふるえるような低《ひく》い声がかえってきた。

「おお、そうつたえておく。それから、こちらからも、ことづてがある。にげるなら、さっさとにげろ。あとは追《お》わない。ただし、この星でないところにいけ、ということだ。わかったな。」

そういいおわるのとほとんど同時に、赤い目は消《き》え、そこには夏の夕ぐれのうすくらやみだけがのこっていた。

「赤目長耳《あかめながみみ》って、ものすごく大きいんじゃぁ……。ほとんど恐竜《きょうりゅう》じゃないか。ウサギっていうから……。」

ぼくはそういうと、シロガネ丸《まる》は、

「おれは、白いウサギとはいったが、大きさについては、なにもいっていない。それにしても、今からアンドロメダ大星雲《だいせいうん》のリゾート地をさがすわけにもいかないし、いくら波倉《なみくら》会長でも宇宙船《うちゅうせん》はもってないしなあ。」

といって、ためいきをつき、こういいたしたのだった。

「さっきは、命《いのち》まではとろうとしないだろうっていったが、あれはとりけす。この星でないところにいけっていうのは、地球《ちきゅう》の外か、さもなけりゃ、あの世《よ》にいけっていうことだからなあ……。」

四　四分の一から三分の一になってわかったような気がしたこと

赤目長耳《あかめながみみ》が、というより、赤目長耳《あかめながみみ》の赤い目がぼくのへやのまどの外にあらわれてから三日後の夜中、ぼくとシロガネ丸《まる》は東神《とうじん》タクシーの黒ぬりのハイヤーに乗《の》っていた。ぼくのズボンのポケットには、封怪函《ふうかいかん》が入っている。

ぼくはいつでも、東神《とうじん》タクシーのハイヤーを使《つか》っていいことになっている。

ハイヤーの運転手《うんてんしゅ》は、

「ぼうや、こんな夜おそくにおでかけかい？　パパやママは知ってるの？」

なんてことはぜったいにいわない。ぼくのしごとをどこまで知っているか、それはわからないが、東神《とうじん》グループ会長のしごとでぼくがはたらいていることだけはわかっているようだ。

「多摩東神《たまとうじん》カントリークラブまでいってほしいんですけど。」

ぼくがそういうと、ハイヤーの運転手《うんてんしゅ》は、

「かしこまりました。」

とだけいって、目的地《もくてきち》につくまで、ひとことも口をきかなかった。

多摩東神《たまとうじん》カントリークラブというのは、東神《とうじん》グループのゴルフ場だ。波倉《なみくら》会長には、まえもって、多摩東神《たまとうじん》カントリークラブで妖怪《ようかい》の調査《ちょうさ》をすると電話しておいた。波倉《なみくら》会長は、どんな妖怪《ようかい》の調査《ちょうさ》なのかたずねることもなく、

「では、気をつけて。ゴルフ場には、こちらかられんらくしておこう。」

といっていた。

多摩東神《たまとうじん》カントリークラブを指定《してい》したのは、ぼくではない。けさ、あまりの息《いき》ぐるしさに目をさますと、むねの上にシロガネ丸《まる》がのっていて、口にくわえていたものをぼくの顔の上におとした。

「こんなものがとどいたぞ。さっき、妖気《ようき》を感《かん》じたから、外に出てみたら、

庭《にわ》におちていた。」

シロガネ丸《まる》はそういった。

それは、小さな巻紙《まきがみ》だった。しばってあるひもをほどくと、中にはこんなふうにかかれていた。

〈今夜午前零《れい》時多摩《たま》東神《とうじん》カントリークラブ〉

と、そういうわけでぼくとシロガネ丸《まる》は、ハイヤーで多摩《たま》東神《とうじん》カントリークラブにむかったのだ。

父さんも母さんも、波倉《なみくら》会長の用だというと、どんなに夜おそくに外出しても、ぜんぜんもんくをいわない。それどころか、母さんなんてぼくがハイヤーに乗《の》りこむとき、見送《みおく》りに出て、

「もし、会長さんにお目にかかったら、お中元のハムのお礼《れい》をよくいっておいてね。とてもおいしかったです、って！」

なんて、にこにこ顔でいっていた。

そうそう、あいての妖怪《ようかい》の正体だが、それについてシロガネ丸《まる》は、それが何者なのかだいたい見当《けんとう》がついているようだ。

「七里《しちり》わらぐつはともかく、赤目長耳《あかめながみみ》までがいうことをきいているくらいだから、あいてはかなりの大物だ。ナシをこおらせたわざから見て、たぶん、あいつだろうと思うやつはいるが、そいつは明治《めいじ》のはじめ、『こんな国にはとても住《す》めない。』といって、どこかよその国にいき、それきりかえってきていないはずなのだ。」

シロガネ丸《まる》はそういった。それでぼくが、

「いったい、何者なんだ、そいつ。」

とたずねても、

「それは、あえばわかることだし、おれも不《ふ》たしかなことを軽《かる》はずみにいいたくない。そいつのねらいはおまえらしいが、そいつがどうしておまえをねらうのか、そこのところがわからない。だから、もしかすると、ぜんぜんべつのやつかもしれないし……。」

なんていって、どうもはっきりしたことをいわないのだ。

ともかく、ぼくたちは約束《やくそく》の時間より三十分くらい早く、多摩東神《たまとうじん》カントリークラブに到着《とうちゃく》した。夜だと、うちから一時間もかからない。

門はひらいていて、ガードマンがふたり立っていた。

ぼくがハイヤーからおりると、そのうちのひとりが、

「芦屋《あしや》ヒカルさまですね。」

とたしかめたあとで、

「たてもののかぎはすべてあいております。また、ゴルフ場内の照明《しょうめい》はすべて点灯《てんとう》してあります。波倉《なみくら》会長の命令《めいれい》で、芦屋《あしや》さまのおしごとがすむまで、われわれは退去《たいきょ》しておりますので、ご用がおすみになりましたら、ここにお電話ください。」

といって、携帯電話《けいたいでんわ》の番号《ばんごう》がかかれた名刺《めいし》をぼくにくれた。

ぼくたちは、クラブハウスといわれているたてものに一度入《どい》り、そこからゴルフ場に出た。

ゴルフ場なんて、きたのははじめてだった。高いところがあったり、低《ひく》いところがあったり、林があったりする。ガードマンは、照明《しょうめい》はすべて点灯《てんとう》してあるといっていたけれど、照明《しょうめい》といっても、野球《やきゅう》場のナイター照明《しょうめい》のようなものではなく、せいぜい公園の電灯《でんとう》ていどのものだった。

「では、われわれはこれで失礼《しつれい》しますが、ハイヤーはどうなさいますか。」

ガードマンにそういわれ、ぼくはちょっと考えてから

答えた。

「用がおわったら、またきてもらいますから、いったんかえってもらってください。」

「かしこまりました。」

といって、ガードマンがいってしまうと、シロガネ丸《まる》がぼくにたずねた。

「どうして、ハイヤーをかえしたんだ。」

「どれくらい時間がかかるかわからないし、それに、話しあいではすまずに、たいへんなことになっちゃって、運転手《うんてんしゅ》さんもまきこんじゃったりしたら、まずいと思ったんだよ。」

ぼくがそう答えると、シロガネ丸《まる》は小さくうなずいて、いった。

「おまえ、四分の一人前から三分の一人前くらいの陰陽師《おんみょうじ》になったな。」

「それ、ほめてるの？」

「まあな。」

とつぶやいてから、

「ほら、あそこにおむかえがきているようだぜ。」

といって、シロガネ丸《まる》はクラブハウスを出てすぐのところに立っている松《まつ》の木の下に目をやった。

　そこには、こども用のわらぐつが一足、地面《じめん》から三十センチくらいの高さで、こちらをむいて、宙《ちゅう》にういていた。

「あれが七里《しちり》わらぐつ？」

ぼくがそうたずね、シロガネ丸《まる》が、

「ああ。」

と答えたとき、わらぐつが宙《ちゅう》にういたまま、

まわれ右をし、ぼくたちのさきにたって歩きだした。

それは妖怪《ようかい》というより、だれかが奇術《きじゅつ》でわらぐつを宙《ちゅう》にうかせて歩かせているような光景《こうけい》だった。

ぼくたちがわらぐつのあとから歩きはじめたとき、わらぐつのほうから子どもの笑《わら》い声がきこえた。そして、それにつづいて、

「出ていけといったのに、出ていかない。出ていけといわれたのに、出ていかない。そういうのは悪《わる》い子だ。悪《わる》い子の魂《たましい》を遠くにはこぶのが、おいらのしごと。遠く、遠く、遠く、かえってこれない遠いところに……。」

と声がきこえたとき、ぼくは、これはやっぱり奇術《きじゅつ》なんかじゃない、と思った。

声にふくまれているなにかぬめりとしたようなかんじ、こういうのをきっと妖気《ようき》っていうのだろうと、ぼくはそのとき、なんとなくわかったような気がした。

五

たしかに美人《びじん》だった妖怪《ようかい》と消《き》えた燕火放炎《えんかほうえん》

ゴルフ場をおくへおくへと進《すす》んでいくと、だんだん照明灯《しょうめいとう》の数がへっていき、暗《くら》さがましていった。だが、それもちょっとのあいだだった。やがて、ぼくのまわりの何もない空中で、ボッ、ボッ、ボッと、いくつもの火の玉が生まれた。

これは、ぼくが暗《くら》いなあと思っていると、このごろ、よく起《お》こることで、あいての妖怪《ようかい》のせいではない。

まえをいく七里《しちり》わらぐつが少し足をはやめた。

ぼくは歩きながら、シロガネ丸《まる》にたずねた。

「あいつ、一歩で七里《り》進《すす》むんじゃないのか。」

すると、シロガネ丸《まる》は、

「そりゃあ、最大《さいだい》で七里《り》、二十八キロメートルってことで、いつも一歩が七里《り》ってことじゃない。」

といってから、こういいたした。

「もし、いつでも一歩が七里《り》だったら、近所《きんじょ》のコンビニなんかに買《か》い物《もの》にいけないだろうが。三百メートルだけ進《すす》もうと思ったら、そこを二十七・七キロも通りすぎちゃうじゃないか。」

「あ、そうか……。」

とぼくがなっとくしたところで、ななめまえの松林《まつばやし》から白いけものがとびでてきて、低《ひく》い声でいった。

「対決《たいけつ》の夜だというのに、くだらんおしゃべりをし、おまえら、なめてるのか？」

それは白いウサギだった。ウサギとしてはかなり大きかったが、目が大型《おおがた》トラックのタイヤほど大きくはない。シロガネ丸《まる》も自分の大きさをかえられる。きっと、赤目長耳《あかめながみみ》もそうなのだろう。

シロガネ丸《まる》が立ちどまって、いった。

「なめているのはそっちだろうが。どこまで歩かせりゃ、気がすむんだ。おまえのご主人《しゅじん》さまの、美人《びじん》のおねえさんはどこにいるんだ？」

「今、おいでになるから、ちょっとまってろ。」

と赤目長耳《あかめながみみ》がいったのと、ぼくがシロガネ丸《まる》に、

「その妖怪《ようかい》、美人《びじん》なの？」

と小声でたずねたのは同時だった。

シロガネ丸《まる》は赤目長耳《あかめながみみ》のことは無視《むし》して、ぼくに答えた。

「ああ、色白の美人《びじん》さ。なにしろ、雪女《ゆきおんな》だからな。」

「えーっ、雪女《ゆきおんな》だってーっ？」

ぼくはおもわず声をあげてしまった。

「ああ。そうだ。ここにくるまでは、ひょっとして一パーセントくらい、雪《ゆき》女《おんな》じゃない可能性《かのうせい》もあると思っていたんだ。ナシをこおらせるくらいのことをする妖怪《ようかい》はいくらでもいるからな。だが、やっぱり、百パーセント、雪《ゆき》女《おんな》だ。」

「なんで、そう思うんだ？」

「なんでって、わけのわからないいいがかりをつけて、こうやって、おれたちをよんでおき、しかも、どういうつごうがあるのか知《し》らないが、ゴルフ場をこんなところまで歩かせるなんて、雪女《ゆきおんな》にまちがいないね。そんな自分かってな妖怪《ようかい》は雪女《ゆきおんな》くらいしかいない。」

どうやら、シロガネ丸《まる》は雪女《ゆきおんな》のことがきらいらしい。

雪女《ゆきおんな》の話は、ぼくも本で読んだことがある。

わかい男と老人《ろうじん》が大雪の夜、川岸《かわぎし》の小屋《こや》で夜を明かそうとする。夜中に、わかい男が目をさますと、白い着物《きもの》をきたわかい女がねむっている老人《ろうじん》に白い息《いき》をふきかけている。息《いき》をふきかけられた老人《ろうじん》は死《し》んでしまう。その女、つまりそれが雪女《ゆきおんな》なのだが、わかい男はその雪女《ゆきおんな》に、今見たことをだまっていれば、命《いのち》はたすけてやるが、だれかにしゃべったら、殺《ころ》してやる、とおどされるのだ。わかい男はしゃべらない約束《やくそく》をする。

しばらくのち、きれいな女が男の家をたずねてきて、男となかよくなり、いっしょにくらすようになる。やがて、ふたりには子どもができる。そんなある日、男はむかしのことを思いだし、

ぼくがその話を思いだしていると、シロガネ丸《まる》がじいっとまえを見つめながら、いった。

「ほら、おいでなすったぞ。」

つい大雪の夜のできごとを女に話してしまう。ところが、その女はじつは雪女《ゆきおんな》だった。雪女《ゆきおんな》は、男が約束《やくそく》をやぶり、自分のことをしゃべったことをなじる。だが、ふたりのあいだには子どももできているし、ということで、雪女《ゆきおんな》は男を殺《ころ》さず、男と子どもをおいて、その家から去《さ》ってしまう……。

ぼくはシロガネ丸《まる》が見ているほうに目をやった。

ずっとむこう、地面《じめん》が低《ひく》くなっているあたりに、照明灯《しょうめいとう》がひとつある。そのま下《した》に、霧《きり》のようなものがかかっている。いや、霧《きり》ではない。そこだけ雪がふっているのだ。

七里《しちり》わらぐつと赤目長耳《あかめながみみ》があとずさりして、近くのしげみにかくれたのがわかった。

照明灯《しょうめいとう》の下の雪はだんだんはげしくなっていった。そして、ふりしきる雪の中に黒いシルエットがうかびあがり、それはだんだん白くなっていき、どこからどこまでが白いすがたで、どこからどこまでが雪なのか、わからなくなっていった。そして、そのすがたは、ふりしきる雪ごと、こちらに近づいてくるようだった。

一秒、二秒、三秒……と時間がたっていく。まるで、まさに雪のスポットライトだった。そこだけ雪がふっているのだ。

近づいてくるにつれ、雪の中で白いすがたがはっきりと見えてきた。

「この星をほろぼす悪《あく》の権化《ごんげ》、思いあがった悪魔《あくま》よ。警告《けいこく》を無視《むし》し、わたしにいどんでくるからには、かくごができているのだろうな……。」

これは、ぼくがいったのではない。シロガネ丸《まる》がいったのでもない。雪の中からきこえてきたのだ。

ぼくは、〈悪《あく》の権化《ごんげ》〉とか〈思いあがった悪魔《あくま》〉というのがどこにきているのか、まわりを見てしまった。すると、シロガネ丸《まる》が小さな声でいった。

「おまえのことじゃないか。」

「えーっ？」

ついぼくは声をあげてしまった。ぼくは、四分の一人前か、せいぜい三分の一人前の陰陽師《おんみょうじ》であって、〈悪《あく》の権化《ごんげ》〉とか〈思いあがった悪魔《あくま》〉なんていうすごいものじゃないことは、ぼく自身《じしん》よく知っている。そこで、まず話しあいのてはじめとして、

「あの……。どなたかと人ちがいをなさっていませんか。」

とていねいなことばでいってみた。しかし、かえってきたへんじは、

「おだまりっ！」

だった。

そのときにはもう、ぼくと雪のスポットライトの中の白いすがたとの距離《きょり》は、二十歩か三十歩ほどになっていた。

ぼくのまゆに、なにかやわらかいものがさわった。雪だ。

雪がぼくのまわりにもふりはじめたのだ。見るまに雪がつもっていく。足もとを見ると、もうそこは白かった。雪のスポットライトの範囲《はんい》がひろがっているのだ。もう、くるぶしまで雪にうまっている。

　ぼくはべつに、寒《さむ》いとも冷《つめ》たいとも思わなかった。だが、ともかく雪の中からは出たほうがいいだろう。

　ぼくはそう思い、あとずさりをはじめた。すると、

「にげるのか、ひきょう者《もの》！　雪女《ゆきおんな》からにげおおせた者《もの》はいない。のがしはしない。

ここでおまえをのがせば、やがて大地は海にしずんでしまう！」

と声がして、はっきりしたすがたがあらわれた。それは、白い着物《きもの》に白いおびをしめた女で、黒いかみのけが、こしのあたりまでとどいていた。シロガネ丸《まる》がいうとおり、たしかにそれは美人《びじん》だった。

シロガネ丸《まる》がいったとおり、それが雪女《ゆきおんな》だということははっきりしたが、どうもいっていることがわからなかった。

なんでぼくをにがすと、大地が海にしずむのだろうか。

「どうも、おっしゃってることがよく……。」

ぼくがそういいかけると、雪女《ゆきおんな》はまた、

「おだまりっ！」

とさけんだが、こんどはたださけぶだけではなく、両手《りょうて》をメガフォンみたいに口にあて、こっちに息《いき》をふきかけてきた。

「ふぃーっ！」

それは、もし、Ｆ１レーサーくらいはやいロードローラーがあって、それが道路《どうろ》を作ったらこうなるのでは……というようなかんじだった。たちまち、雪女《ゆきおんな》のまえからぼくにむかって、氷《こおり》の道ができあがった。そして、もしぼくがとびあがってよこに身《み》をかわさなければ、ぼくはどうなっていたかわからない。

ふりむくと、ずっとうしろのほうまで、たちまち氷《こおり》の道ができ、とちゅうにあった木は何百もの氷《こおり》の破片《はへん》になって、くだけちった。

一瞬《いっしゅん》とびのくのがおくれれば、ぼくもその木と同じようになっていたかもしれない。

こりゃあ、あいては本気だ！　なんだか、わけはわからないが問答無用《もんどうむよう》みたいだ。

「どうだ。今のはほんの序《じょ》の口だ。こんどはおまえの術《じゅつ》を見てやる。やってみろ！」

雪女《ゆきおんな》はそういうと、いかにもばかにしたようにうでをくんだ。

ぼくはシロガネ丸《まる》をちらりと見た。シロガネ丸《まる》がため息《いき》をついているのがわかった。シロガネ丸《まる》の息《いき》が白い。気温《きおん》がだいぶさがっているのだ。

ぼくはまず、

「燕火放炎《えんかほうえん》……。」

といってから、両《りょう》うでをふりあげたり、ふりおろしたりして、呪文《じゅもん》のことば

をなげつけ、両手《りょうて》をグー、チョキ、パーの形《かたち》にした。

「燕火放炎《えんかほうえん》、具有直波《ぐうちょくば》！　燕火放炎《えんかほうえん》、具有右曲波《ぐううきょくば》！　燕火放炎《えんかほうえん》、具有左曲《ぐうさきょく》波《ぱ》！　燕火放炎《えんかほうえん》、具有乱曲波《ぐうらんきょくば》！」

　ブワオッ、ブワオッ、ブワオッ！

　調子《ちょうし》の悪《わる》いガスレンジに火がつくときのような音がして、ぼくの両手《りょうて》から火の玉がとんでいく。呪文《じゅもん》どおり、まっすぐとんでいく火の玉もあれば、右や左にまがるのもある。

　何十羽《ぱ》もの火のつばめがとびかいながら、雪女《ゆきおんな》におそいかかっていく……はずだったが、火の玉はどれも雪女《ゆきおんな》にはとどかなかった。

　ジュッ、ジュッ、ジュッ……。

　いやな音をたてて、火の玉は雪女《ゆきおんな》にとどくまえにすべて消《き》えてしまった。

　雪女《ゆきおんな》があっけにとられた顔をしている。

「なんだ、今のは？　おふざけはやめにして、さっさとおまえの術《じゅっ》を使《つか》え！」

雪女《ゆきおんな》は大声でそういったが、いくら大声でいわれても、ぼくとしては、今の術《じゅつ》、つまり燕火放炎《えんかほうえん》しかできない。

しかたなく、ぼくがもう一度《ど》、

「燕火放炎《えんかほうえん》……。」

というと、雪女《ゆきおんな》は、

「おのれ、わたしをあなどり、またそのような！　もう、ゆるさん！」

とさけび、両手《りょうて》のてのひらをまえにつきだし、まどガラスをふくようなうごきを見せた。

ウィイイイーン……。

空がうなった。

白いかたまりがずんずんおちてくる。

雪だ。だが、それはもう雪というよりは、無数《むすう》の雪だるまの上半身と下半身がばらばらになって、おちてきているというかんじだった。

郵便はがき

50円切手《えんきって》をお貼《は》りください

101-0051

東京都千代田区神田神保町2-36
北神ビル2階
(株)あかね書房　営業部

「妖怪《ようかい》ハンター・ヒカル妖怪大募集《ようかいだいぼしゅう》」
係

郵便番号《ゆうびんばんごう》（　　-　　） ご住所《じゅうしょ》		
(フリガナ) お名前《なまえ》	年齢《ねんれい》　　歳《さい》	男《おとこ》・女《おんな》
電話番号《でんわばんごう》　（　　）	職業《しょくぎょう》・学年《がくねん》	
メールアドレス		
お買《か》い求《もと》めの書店《しょてん》	お買《か》い求《もと》めの本《ほん》	

応募作品はすべて小社ホームページに掲載いたします。また応募作品は返却いたしませんので、ご了承下さい。
応募期間：2007年6月30日まで（当日消印有効）
掲載期間：2007年8月1日より

※ご記入いただいた個人情報は、目録や刊行物のご案内、プレゼント発送の際に使用し、その他の目的には使用いたしません。
また、個人情報を第三者に公開することは一切いたしません。

妖怪《ようかい》の名前《なまえ》

(　　　　　　　　　　　　　　　　　　　　)

妖怪《ようかい》のとくちょう

あなたのお名前《なまえ》

たちまち、ぼくのひざまで雪がつもった。

このままでは雪にうまってしまう。ぼくは、上からおちてくる雪だるま状態《じょうたい》の雪をよけながら、つもった雪から足をぬこうとした。

そのとき、ぼくは生まれてはじめての体験《たいけん》をした。

せなかからかたにかけて、何かが通りすぎていき、ゾクッとしたのだ。

あ、これが寒《さむ》いという感覚《かんかく》なんだな……。

ぼくはそう思った。そして、思うと同時に顔をあげ、雪女《ゆきおんな》のほうを見ると、雪女《ゆきおんな》はまた両手《りょうて》をメガフォンのようにして口にあてている。

「ふぃーっ！」

雪女《ゆきおんな》が息《いき》をふきかけてくる。

すでに、あたり一面《いちめん》雪がふりつもっている。その雪の上に、氷《こおり》の道ができる。

ぼくはよこにジャンプして、雪女《ゆきおんな》の息《いき》をかわした。だが、ジャンプしたあとの着地《ちゃくち》に失敗《しっぱい》し、ぼくはおしりから雪の上におちた。

雪女《ゆきおんな》はまた両《りょう》手《て》を口にあてている。

もう、立ちあがって、ジャンプするよゆうはない。

「ふぃーっ！」

雪女《ゆきおんな》の息《いき》がこちらにせまってくる。

氷《こおり》の道がせまってくる。

手足がよくうごかない。もう、よけられない。

こんどのは雪の道というようなひらべったいものではなかった。せまってくる雪女《ゆきおんな》の息《いき》は氷《こおり》のトンネルのようだった。白いトンネルのむこうに、雪女《ゆきおんな》のすがたが見えた。

何かがぼくの両足《りょうあし》にあたった。両足《りょうあし》がもちあがり、ぼくはさかさづりになった。そして、さかさづりになったまま、ぼくは白いトンネルにのみこまれ……。

そこでぼくの意識《いしき》がとだえた。

六

妖怪《ようかい》けものぶとんと工事中《こうじちゅう》のかんばん

雪の中にとじこめられてしまったのだろうか。からだが重《おも》くて、みうごきができない。でも、ひえきったからだがすこしずつあたたまってきているのがわかった。

いや、からだがあたたまってきたから、意識《いしき》もそれにつれてはっきりしてきたのかもしれない。

それにしても、あたりは暗《くら》いままだし、息《いき》ぐるしい……。

ぼくは自分のからだにのしかかっているものをおしのけようとした。

「おっ。目をさましたようだぞ。」

だれかの声がした。だが、それはシロガネ丸《まる》ではない。

声と同時にからだが軽《かる》くなり、目のまえが明るくなった。そして、明るくなった目のまえにいたのは、やはりシロガネ丸《まる》ではなく、赤目長耳《あかめながみみ》だった。顔は人間の顔の大きさくらいになっている。赤目長耳《あかめながみみ》がぼくにおおいかぶさっていたのだ。

シロガネ丸《まる》はどうしたのだろう……。

そう思ったぼくが、

「シ、シロガネ丸《まる》はどこだ？」

と声をあげると、下から声がかえってきた。

「ここだ。目をさましたのなら、どけよ。」

ぼくは両手《りょうて》を下について、おきあがった。

ぼくは毛足の長い白いじゅうたんの上にねかされていたようだ……、と思ったら、それはちがった。ぼくは、よこむきになって

ねているシロガネ丸《まる》の上にねていたのだ。シロガネ丸《まる》はトラくらいの大きさになっている。ということは、どうやらぼくは、赤目長耳《あかめながみみ》をかけぶとん、シロガネ丸《まる》をしきぶとんにしていたみたいだ。その状態《じょうたい》に名まえをつければ、〈妖怪《ようかい》けものぶとん〉状態《じょうたい》ということになるだろう。

ぼくはシロガネ丸《まる》からおりて、立ちあがった。そのひょうしに足を見ると、いつのまにか、くつの上からわらぐつをはいている。

そこはゴルフ場のクラブハウスのようだった。まどの外はまだ暗《くら》い。

「いったい、何がどうなったんだ?」

ぼくがそういうと、シロガネ丸《まる》がトラの大きさのままおきあがり、ねこずわりをして、ぼくに説明《せつめい》をはじめた。

「雪女《ゆきおんな》は明治《めいじ》のはじめに、文明開化《ぶんめいかいか》になじめずに、日本を去《さ》った。そして、しばらくぶりにかえってくると、かつての日本とくらべ、だいぶ気温《きおん》が高くなっている。どこで耳に入れたのか、地球温暖化《ちきゅうおんだんか》ということばを知った雪《ゆき》女《おんな》は、よくしらべもせずに、悪《わる》い妖怪《ようかい》が気温《きおん》をあげているのだと思いこんだようだ。それで、あちこちかぎまわっているうちに、おまえを見つけたんだ。ほら、おまえ、術《じゅつ》に火を使《つか》うだろ。それをどこかでききつけたんだろうな。それで、おまえをやっつけさえすれば、気温《きおん》がまたむかしみたいにさがると思いこんだらしい。おまえの燕火放炎《えんかほうえん》くらいで、地球《ちきゅう》が温暖化《おんだんか》するかっていうんだよなあ。」

「それで、ぼくが地球温暖化《ちきゅうおんだんか》の原因《げんいん》じゃないって、わかったのかな。」

ぼくがたずねると、シロガネ丸《まる》はうなずいた。

「おまえをかんたんにたおしたことで、わかっ

たらしいな。あいつのさいごの一撃《いちげき》からおまえをすくったのは、七里《しちり》わらぐつで、七里《しちり》わらぐつがおまえの足にはまって、おまえを空中にもちあげなければ、今ごろおまえは冷凍陰陽師《れいとうおんみょうじ》になっている。七里《しちり》わらぐつがおまえをここまではこんできて、おれと赤目長耳《あかめながみみ》がふとんがわりになって、おまえをあたためたってわけだ。それはともかく、七里《しちり》わらぐつをはいて宙《ちゅう》づりになっているおまえを見て、雪女《ゆきおんな》のやつ、『なんだ、こんなに弱いやつが、地球《ちきゅう》をまるごとあたためるなんて、できるわけがない。』とかなんとかいって、どこかにいってしまった。ほんとうに、無責任《むせきにん》っていうか、むかつく女だ。まあ、むかしから、そういうやつだったけどな。」

「そういうやつって？」

「だからさ。罪《つみ》もないとしよりを凍死《とうし》させたり、生んだ子どもをおきざりにしたりさ。あいつにはあいつのりくつがあるのかもしれないが、そんなりくつは、人間社会《にんげんしゃかい》だろうが、妖怪社会《ようかいしゃかい》だろうが、通りっこない。」

シロガネ丸《まる》は腹《はら》を立てているようだった。

ぼくはシロガネ丸《まる》に、あたためてくれたお札《れい》をいってから、

「だけど、うまく説得《せっとく》して、雪女《ゆきおんな》に瀬戸内妖怪島《せとうちようかいとう》にきてもらえばよかった。」

といった。すると、シロガネ丸《まる》は首をはげしく左右にふった。

「じょうだんじゃない。たしかに、真夏《まなつ》に雪なんかじゃんじゃんふらせるんだから、アトラクションとしちゃあ、はでていい。だけど、なんかでまた気にくわないことがあれば、さっさと出ていって、あとのことは知らないっていうやつだ。アトラクションをたのしみにしてやってきた客《きゃく》はどうなるんだよ。」

シロガネ丸《まる》はそこまでいうと、思いだしたようにいいたした。

「瀬戸内妖怪島《せとうちようかいとう》っていえば、ここにいる赤目長耳《あかめながみみ》と七里《しちり》わらぐつだけど、ふたりとも、瀬戸内妖怪島《せとうちようかいとう》に住《す》んでもいいっていってる。ふたりは雪女《ゆきおんな》に、ちょっと子どもの陰陽師《おんみょうじ》をからかってやろうってさそわれて、手つだいをしたみたいだ。」

　すると、赤目長耳《あかめながみみ》は、

「いや、あそこまでやるとは思わなかったからな。すまないことをした。」

といい、それとほとんど同時に、足もとから、子どもの声がした。

「ごめん、ごめん。悪《わる》い子はおいらだった。もっと悪《わる》いの、あの雪女《ゆきおんな》。おいらも、あいつにだまされた。だまされた。ごめん、ごめん……。」

「い、いいよ。きみがいなかったら、今ごろぼくは冷凍陰陽師《れいとうおんみょうじ》になっていたんだし。たすけてくれて、ありがとう。」

ぼくはそういいながら、七里《しちり》わらぐつをぬいだ。そして、赤目長耳《あかめながみみ》にもお礼《れい》をいって、とりあえずふたりとも封怪函《ふうかいかん》に入ってもらい、電話でハイヤーをよんで、夜があけるまえにうちにかえった。

波倉《なみくら》会長には、雪女《ゆきおんな》の事件《じけん》のこと、そして、赤目長耳《あかめながみみ》と七里《しちり》わらぐつが瀬戸内妖怪島《せとうちようかいとう》に住《す》みたがっていることを電話で報告《ほうこく》した。

波倉《なみくら》会長は、赤目長耳《あかめながみみ》と七里《しちり》わらぐつの参加《さんか》をよろこんでいたが、

「あぶないと思ったときは、すぐににげなければいけませんよ。」

といっていた。

それから何日かして、父さんの車にのって、多摩東神《たまとうじん》カントリークラブのまえを通った。ひるまなのに門はしまっていて、工事中《こうじちゅう》のかんばんがかかっていた。きっと、ゴルフ場はひどいことになっていたのだろう。

大《おお》がま武士《ぶし》

一　林の中のいいあらそいとぶきみになった自分の火

　夏休みもあと何日かでおわりという月曜の夜、ぼくとシロガネ丸《まる》は、波倉《なみくら》会長がさしむけてくれた大型《おおがた》ベンツで、山梨県塩山市《やまなしけんえんざんし》にむかった。大型《おおがた》ベンツは、いつものタクシー会社《がいしゃ》のハイヤーではない。ふだん、波倉《なみくら》会長が使《つか》っている車で、運転手《うんてんしゅ》のおじさんとは、ぼくは何度《ど》も顔を合わせたことがある。シロガネ丸《まる》が車の中で口をきいても、運転手《うんてんしゅ》はおどろくようすもないから、もしかすると、ぼくとシロガネ丸《まる》がどんなしごとをしているのか、知っているのかもしれない。

　今回の波倉《なみくら》会長からの捕獲依頼《ほかくいらい》は〈大《おお》がま武士《ぶし》〉で、波倉《なみくら》会長から速達便《そくたつびん》の手紙に同封《どうふう》されていた捕獲依頼《ほかくいらい》カードによると、それは妖怪《ようかい》というより幽霊《ゆうれい》らしかった。

ぼくのうちを出たのは夜の八時まえだったけれど、高速道路《こうそくどうろ》もすいていて、ぼくとシロガネ丸《まる》は、午後十時すぎにはもう、目的地《もくてきち》についていた。

そこは中央自動車道勝沼《ちゅうおうじどうしゃどうかつぬま》インターチェンジから北にしばらくいったところで、シロガネ丸《まる》がいうには、近くに、戦国大名《せんごくだいみょう》、武田信玄《たけだしんげん》ゆかりの大きな寺があるということだった。

「ご案内《あんない》するようにいわれているのは、このあたりですが……。」

といって、運転手《うんてんしゅ》が車をとめたのは、それほどはばの広くない道ばたの林のまえだった。林のうしろには川があるようで、水の流《なが》れる音がきこえている。

捕獲依頼《ほかくいらい》

妖怪名《ようかいめい》：**大《おお》がま武士《ぶし》**（ただし、今回は妖怪というよりは幽霊《ゆうれい》）

特徴《とくちょう》：**戦国時代《せんごくじだい》のよろいをきた武士《ぶし》のすがたをしている。**

最終目撃地《さいしゅうもくげきち》：**山梨県塩山市西部《やまなしけんえんざんしせいぶ》**

あたりに民家《みんか》はない。

ぼくとシロガネ丸《まる》が車からおりると、運転手《うんてんしゅ》は、

「おかえりのときは、お電話ください。」

といって車を走らせていってしまった。

車がいってしまうと、闇《やみ》がこくなったような気がした。道路《どうろ》ぞいに街灯《がいとう》がともされているが、東京《とうきょう》の市街地《しがいち》にくらべれば、数がすくない。くもり空で、月も出ていない。

シロガネ丸《まる》は鼻《はな》をふくらませ、ひげをピンとはってから、いった。

「ここ何日かつづけてあらわれているようだから、今夜も出るかもな。妖気《ようき》もいくらかただよっているみたいだし。」

たしかにそれはぼくも感《かん》じていた。空気が首すじにへばりつくようなかんじがする。

「おれはだいじょうぶだが、おまえ、ころばないように気をつけろよ。」

シロガネ丸《まる》はそういって、林の中にふみこんでいった。

足もとが暗《くら》いな……。

ぼくがそう思った瞬間《しゅんかん》、ぼくのうしろがパッと明るくなった。ふりむくと、赤い火の玉がふたつ、ゆらゆらゆれている。このごろよく出るぼくの火の玉だ。その火の玉のあかりをたよりに、ぼくはシロガネ丸《まる》のあとにつづいた。

地面《じめん》がでこぼこしているうえに、雑草《ざっそう》がひざのあたりまではえていて、歩きにくい。虫のなき声がうるさいくらいだった。

しばらく歩いてふりかえると、もう道路《どうろ》ぞいの街灯《がいとう》は見えなかった。

さすがにシロガネ丸《まる》は猫《ねこ》だけあって、こういうところを歩くとはやい。もうだいぶさきにいってしまったようで、遠くからぼくをよぶ声がした。

「おおい、ヒカル。知らないやつがここにきたら、おまえのことを幽霊《ゆうれい》だと

思うだろうな。こっちから見ると、人魂《ひとだま》にかこまれて、さまよっているとしか思えないね。」

ぼくは声のするところまで追《お》いついて、シロガネ丸《まる》にいった。

「へんなこと、いわないでくれよ。だけど、幽霊《ゆうれい》なんて、やっぱりあんまり気もちがよくないよね。妖怪《ようかい》ならまだいいけど。大《おお》がま武士《ぶし》って、たぶん、死神《しにがみ》みたいな大きなかまをもったさむらいの幽霊《ゆうれい》だよ。シロガネ丸《まる》。何かもっとくわしい情報《じょうほう》はないの？」

「さあなあ。大《おお》がま武士《ぶし》なんて、あんまりメジャーな妖怪《ようかい》じゃないんじゃないか。」

シロガネ丸《まる》はそういってから、いいなおした。

「あ、妖怪《ようかい》じゃなくて、幽霊《ゆうれい》か。」

「あのさ、ぼく、思うんだけどさ……。」

ぼくはそういって、波倉《なみくら》会長からの妖怪捕獲依頼《ようかいほかくいらい》カードを読んでからずっと思っていることを口に出した。

「瀬戸内妖怪島《せとうちようかいとう》のために、妖怪《ようかい》や幽霊《ゆうれい》をあつめるのがぼくのしごとだってことは、もちろんわかってる。でもさ、妖怪《ようかい》なら陰陽師《おんみょうじ》の担当《たんとう》だけど、人間の幽霊《ゆうれい》だったら、どっちかっていうと、お坊《ぼう》さんの管轄《かんかつ》じゃないか。封怪函《ふうかいかん》にしたって、もともと妖怪用《ようかいよう》なんだし、人間の幽霊《ゆうれい》なんか入るのかな。それに、人間の幽霊《ゆうれい》は人魂《ひとだま》になれてるだろ。燕火放炎《えんかほうえん》なんてやっても、ビビるとは思えないんだよね、ぼく。」

するとシロガネ丸《まる》があきれたようにいった。

「何が、『ビビるとは思えないんだよね、ぼく。』だよ。たしかに、ビビってるのは幽霊《ゆうれい》じゃなくて、おまえのほうかもな。」

それから、シロガネ丸《まる》はため息《いき》をひとつついて、こういった。

「やっぱり、陰陽師《おんみょうじ》には無敗伝説《むはいでんせつ》が必要《ひつよう》なんだな。だけど、おれ、今わかったけど、無敗伝説《むはいでんせつ》はあいての妖怪《ようかい》をビビらせるのに効果《こうか》があるだけじゃないんだな。いっぺんでも負《ま》けると、あいてが陰陽師《おんみょうじ》をばかにするっていうより、陰陽師《おんみょうじ》が自信喪失《じしんそうしつ》して、落《お》ち武者《むしゃ》の幽霊《ゆうれい》くらいでこわがるようになるんだ。」

ぼくはむっとして、

「べつにこわがってなんかないよ。」

といってから、

「今、落《お》ち武者《むしゃ》の幽霊《ゆうれい》っていったけど、大《おお》がま武士《ぶし》って、落《お》ち武者《むしゃ》の幽霊《ゆうれい》なんだな。知ってるなら、もっと早くいえばいいじゃないか。雪女《ゆきおんな》のときも、見当《けんとう》がついていたくせに、だまっていたよな。」

ともんくをいってやった。

「あれはおまえ、たしかなことじゃないのに、へんなことをいわないほうがいいと思ったからだし、大《おお》がま武士《ぶし》が落《お》ち武者《むしゃ》の幽霊《ゆうれい》だと思うのはだな。だいたい戦国時代《せんごくじだい》のよろいをきた幽霊《ゆうれい》だったら、負《ま》けた側《がわ》にきまってるだろ。

勝《か》ったほうは、あんまり幽霊《ゆうれい》になったりしないだろうよ。」

シロガネ丸《まる》はそういって、そんなこともわからないのか、というような上《うわ》目使《めづか》いでぼくを見た。それでぼくが、

「そうとはかぎらないよ。勝《か》つには勝《か》ったけど、勝《か》ちかたがすっきりしなくて無念《むねん》だとか……。」

と、へりくつをいおうとしたときだった。どこかから、低《ひく》い声がきこえたような気がした。

それはシロガネ丸《まる》にもきこえたようで、シロガネ丸《まる》は耳をピンと立てた。

「……けぇ……。……けぇ……。」

ぼくはシロガネ丸《まる》と目を見あわせた。つまらないことでいいあいをしている場合《ばあい》ではなくなっているようだった。

ぼくは耳をすませた。

「ぬけぇ……。ぬけぇ……。」

さっきよりはっきりときこえた。

ぼくは小さな声でシロガネ丸《まる》にいった。

「ぬけっていってるみたいだ。でも、何をぬけばいいんだ？」

シロガネ丸《まる》は首をちょっとかしげ、

「さあ。ひょっとすると、刀をぬいて、勝負《しょうぶ》しろって、そういってるのかな。」

といった。

「刀なんて、もってないよ。」

「そんなことわかってる。おまえが何をぬけばいいんだってきくから、刀じゃないかって教えてやっただけだろ。」

あやうくまたいいあらそいになろうとしたとき、林の中の五、六本むこう

の木のあいだがぼんやりと明るくなった。

いつのまにか、サッカーボールくらいの青白い火がひとつあらわれ、上下にゆれている。

人魂《ひとだま》だ！

ぼくはそれを見た瞬間《しゅんかん》、ぼくのうしろの火も、はなれた場所《ばしょ》から見るとああいうふうに見えるのかと、自分で自分が出している火がぶきみになってきてしまった。

二　とりあえずの燕火放炎《えんかほうえん》の準備《じゅんび》とまるでわからないむかしの日本語

林の中にあらわれた青白い人魂《ひとだま》は上下にゆらめきながら、ゆっくりとこちらに近づいてきた。

「ぬけぇ……。ぬけぇ……。」

声もいっしょに近づいてくる。

「や、やっぱり、人間の幽霊《ゆうれい》はお坊《ぼう》さんの管轄《かんかつ》だよ。あんまり深入《ふかい》りしないで、ひきあげたほうがいいんじゃぁ……。」

はっきりいって、ぼくはこわかった。それで、そんな弱気なことをいうと、

シロガネ丸《まる》は、

「ばかいってるんじゃない。幽霊《ゆうれい》とぐうぜんあっちゃったんなら、しらばっ

くれてにげてもいいだろうが、波倉四郎《なみくらしろう》から捕獲依頼《ほかくいらい》がきてるんだ。そうかんたんにひきあげられるわけがないだろうが！」

といって、ぼくをしかりつけた。

たしかに、その通りだ。捕獲《ほかく》できるかどうか、その点はまったく自信《じしん》がなかったけれど、話くらいしてかえらないと、波倉《なみくら》会長にたいして、かっこうがつかない。

とりあえずぼくは手をにぎりしめ、燕火放炎《えんかほうえん》の準備《じゅんび》だけはしておいた。

青白い火は、こちらに近づくにつれて、人の形になり、だんだん大きくなっていったかとおもうと、はっきりとした戦国武者《せんごくむしゃ》の形になった。だが、手にもっているのは槍《やり》で、大がまなんて、どこにもなかった。頭には大きなかぶとをかぶっている。そのせいで、顔はよく見えない。

ぼくは先制攻撃《せんせいこうげき》をしかけたほうがいいんじゃないだろうかとも考えたが、まだ何もされていないのに、いきなり燕火放炎《えんかほうえん》を使《つか》うのも、どうかと思った。

そこで、ともかく、こちらから声をかけてみることにした。
「おおい、そこの……。そこの、あなた……。あなたは、大《おお》がま武士《ぶし》……さん、でしょうか、ひょっとして。」

そういいながらも、ぼくは、われながらどうも迫力《はくりょく》がないと思わないではいられなかった。

戦国武士《せんごくぶし》の幽霊《ゆうれい》は立ちどまり、答えた。

「なさけなや。人、われを大《おお》がま武士《ぶし》とよぶは知れども、かく、まのあたりにそうよばれしこそ、うたてけれ……。」

どうやら、むかしの日本語らしい。ぼくは戦国武士《せんごくぶし》の幽霊《ゆうれい》が何をいっているのか、まるでわからなかった。それで、シロガネ丸《まる》のほうをちらりと見ると、シロガネ丸《まる》が、

「大《おお》がま武士《ぶし》って、よばれたくないみたいだな。」

とつぶやいてから、戦国武士《せんごくぶし》の幽霊《ゆうれい》にむかって、いいはなった。

「われはこれなる陰陽師《おんみょうじ》、芦屋《あしや》ヒカルが式神《しきがみ》、黄金白銀丸《こがねしろがねまる》なり。そこなさぶらい、名のりたまえ。」

シロガネ丸《まる》のせりふも古くさくてよくわからなかったけれど、あいての名

まえをたずねたらしいことだけは、ぼくにもわかった。

「われは、甲斐《かい》の国が住人《じゅうにん》、西神田《にしかんだ》三郎次衛門《さぶろうじえもん》一業《かずなり》なり。」

どうやら、戦国武士《せんごくぶし》の幽霊《ゆうれい》は名のりをあげたらしい。

「されば、西神田《にしかんだ》三郎次衛門《さぶろうじえもん》一業殿《かずなりどの》。なにゆえをもって、かくのごとくさまよえりしか。そのゆえいかに。」

「さて、そのゆえをもうせば……。」

こうなってくるともう、シロガネ丸《まる》と戦国武士《せんごくぶし》が何をしゃべっているのか、それがたしかに日本語なのかどうかも、ぼくにはわからなくなってきた。それでぼくは、ふたりの話しあいがおわるまで、すぐそばの木によりかかって、まっているしかなかった。

それはともかく、どうやら、燕火放炎《えんかほうえん》をすぐに使《つか》うことはなさそうなので、ぼくは、手をグーの形ににぎりしめておくことはやめにした。

三

西神田三郎次衛門一業《にしかんださぶろうじえもんかずなり》の事情《じじょう》とひっこしの交通機関《こうつうきかん》についての心配《しんぱい》

シロガネ丸《まる》と戦国武士《せんごくぶし》の幽霊《ゆうれい》との話しあいは十五分くらいつづいた。話しあいがひととおりすむと、シロガネ丸《まる》は、

「どうやら、こういうことらしい。」

といって、戦国武士《せんごくぶし》の幽霊《ゆうれい》の事情《じじょう》をぼくに教えてくれた。

その武士《ぶし》は、名を西神田三郎次衛門一業《にしかんださぶろうじえもんかずなり》といい、武田信玄《たけだしんげん》の家来《けらい》だったとのことだ。武田信玄《たけだしんげん》が死《し》んで、その子、武田勝頼《たけだかつより》の代になったとき、織田信《おだのぶ》長《なが》にせめられ、この近くの川原で合戦《かっせん》になった。ところが、織田軍《おだぐん》の夜襲《やしゅう》をうけ、よろいをきたまま陣地《じんち》でねむっていた西神田三郎次衛門一業《にしかんださぶろうじえもんかずなり》は、はっと目をさまして、近くにあったかぶとをかぶり、槍《やり》をこわきにかかえて、

とびだした。

　そのときにはもう、武田軍《たけだぐん》と織田軍《おだぐん》の乱戦《らんせん》になっていた。ところが、織田軍《おだぐん》の武士《ぶし》たちが、西神田《にしかんだ》三郎《さぶろう》次衛門《じえもん》一業《かずなり》の頭を見て、

「あなおかし！　大がま武士《ぶし》なり！」

とかいって、げらげら笑《わら》っている。どうしたのかと、西神田《にしかんだ》三郎《さぶろう》次衛門《じえもん》一業《かずなり》は自分の頭に手をやった。すると、かぶとのさわりごこちがどうもおかしい。乱戦《らんせん》のさなかではあったが、西神《にしかん》田《だ》三郎《さぶろう》次衛門《じえもん》一業《かずなり》はかぶとをぬいでみて、おどろいた。かぶとと思って頭にかぶっていたのはかぶとではなく、晩《ばん》ごはんの雑炊《ぞうすい》をたくのに使《つか》った大がまだったのだ。

西神田《にしかんだ》三郎《さぶろう》次衛門《じえもん》一業《かずなり》はきゅうにはずかしくなり、顔をかくすために、もう一度《ど》その大がまをかぶった。ところが、かまはかまであって、かぶとではない。どこからかとんできた矢があたると、矢は大がまをつきぬけ、西神田《にしかんだ》三郎《さぶろう》次衛門《じえもん》一業《かずなり》の頭にぐさりとささった。

西神田《にしかんだ》三郎《さぶろう》次衛門《じえもん》一業《かずなり》は矢をぬこうとしたが、なにしろ、矢は頭に命中《めいちゅう》しているのだ。西神田《にしかんだ》三郎《さぶろう》次衛門《じえもん》一業《かずなり》は力つき、命《いのち》をおとした。

こんな大がまをかぶったまま死《し》ぬのは、いかにもかっこうが悪《わる》い……。

そんなくやしさが西神田《にしかんだ》三郎《さぶろう》次衛門《じえもん》一業《かずなり》を幽霊《ゆうれい》にしてしまった。

そして、西神田《にしかんだ》三郎《さぶろう》次衛門《じえもん》一業《かずなり》の幽霊《ゆうれい》は、だれかに頭の矢をぬいてもらおうと、さまよいはじめたのだ。

矢がぬければ、はずかしい大がまもぬげる。

そうすれば、大《おお》がま武士《ぶし》などとよばれずにすむ。

それで、さまよいながら、

「ぬけぇ……。ぬけぇ……。」

といっていたのだ。

ひととおり説明《せつめい》がおわると、シロガネ丸《まる》はぼくにいった。

「まあ、人だすけっていうか、幽霊《ゆうれい》だすけっていうか、そういうのだと思って、おまえ、矢をぬいてやれよ。」

いつのまにか、戦国武士《せんごくぶし》の幽霊《ゆうれい》、いや、西神田三郎次衛門一業《にしかんださぶろうじえもんかずなり》の幽霊《ゆうれい》はぼくにせなかをむけて、地面《じめん》にあぐらをかいている。たしかに、頭にかぶっているのはかぶとではなく、ひらべったい大がまだ。かまというのは、刃物《はもの》のかまではなく、調理《ちょうり》に使《つか》うかまだったのだ。

その大がまに、矢が一本、つきささっている。

ぼくはうしろから西神田三郎次衛門一業《にしかんださぶろうじえもんかずなり》の幽霊《ゆうれい》に近づき、両手《りょうて》で矢をにぎると、

「えいっ！」

と声をあげてひっぱった。

スポッ！

矢は意外《いがい》にかんたんにぬけ、
大がまが地面《じめん》にすべりおちた。

べつに頭から血が流《なが》れているなんてことはなかったけれど、すわったままこちらにふりむいた西神田三郎次衛門一業《にしかんださぶろうじえもんかずなり》の幽霊《ゆうれい》の顔は、やはりいかにも幽霊《ゆうれい》っぽく青白かった。

西神田三郎次衛門一業《にしかんださぶろうじえもんかずなり》の幽霊《ゆうれい》はあぐらをかいたまま、ふかぶかとぼくにおじぎをし、何かいった。やはりむかしの日本語のようで、いみはわからなかったけれど、どうやらお礼《れい》をいっているらしかった。

大がまが頭からとれてしまえば、もうはずかしいことはない。したがって、そこいらをさまよっている必要《ひつよう》もないだろうから、いくべきところにいくだろう。

そう思ったぼくはシロガネ丸《まる》に声をかけた。

「じゃあ、かえろうよ。まさか、矢をぬいてやったんだから、礼《れい》として、しばらく瀬戸内妖怪島《せとうちようかいとう》に住《す》めなんて、そんなことといえないからね。」

「そうだな。じゃあ、今回の捕獲計画《ほかくけいかく》は失敗《しっぱい》ってことで……。」

とシロガネ丸《まる》が答えたところで、西神田三郎次衛門一業《にしかんださぶろうじえもんかずなり》は顔をあげ、シロガネ丸《まる》に何やら、話しかけた。

それがまたむかしの日本語ときているから、ぼくにはまるでいみがわからない。答えるシロガネ丸《まる》もむかしの日本語《にほんご》でしゃべるから、やっぱりぼくにはいみがわからない。けれども、こんどは五分くらいで、話がおわった。

「いったい、なんていってるんだ。」

ぼくがたずねると、シロガネ丸《まる》はこういった。

「いや、西神田三郎次衛門一業《にしかんださぶろうじえもんかずなり》さんはね、長いあいださまよいつづけ、人間と出あうと、さっきみたいに、『ぬけぇ……。』って声をかけていたわけだよ。そりゃあ、青白い人魂《ひとだま》が戦国武士《せんごくぶし》の形になるのを見るだけだって、けっこう

ショッキングだ。見た人間はみんなおどろく。ところが、ずっとやっているうちに、西神田三郎次《にしかんださぶろうじ》衛門一業《えもんかずなり》さんは、人間をおどろかすのがたのしくなってきたらしい。それで、せっかく大がまも頭からはずれたことだし、これからはこころおきなく、夜、人々をびっくりさせてやろうと思う、なんて、そんなことをいってるんだ。それなら、べつにここじゃなくてもいいだろうって、おれがそういって、瀬戸内妖怪島《せとうちようかいとう》の話をすると、すっかり乗《の》り気になって、そういうことなら、今後の相《そう》談《だん》もあるから、そこの陰陽師《おんみょうじ》のいえにいこうって、そういってるんだけど……。」

「そこの陰陽師《おんみょうじ》のいえって、つまりそれ、ぼくのうちのこと？」

「そりゃあ、そうだろう。」

「えーっ！」

ぼくはおもわず声をあげ、のけぞって、すぐうしろの木にゴツンと頭をぶつけた。

ぶつけた頭のいたみをこらえながら、しかたなくぼくはポケットの中から、封怪函《ふうかいかん》を出し、ふたをあけた。すると、シロガネ丸《まる》は、

「どうも西神田三郎次衛門一業《にしかんださぶろうじえもんかずなり》さんは、おれたちが車からおりるところを見ていたようで、あれに乗《の》りたいっていうんだ。どうする？」

「どうするって……。」

ぼくはまたのけぞりそうになったが、また頭を木にぶつけるといやだから、ぐっとこらえた。

けっきょく、かえりはぼくが大型《おおがた》ベンツの助手席《じょしゅせき》に乗《の》り、運転手《うんてんしゅ》のうしろ

に西神田三郎次衛門一業《にしかんださぶろうじえもんかずなり》の幽霊《ゆうれい》、ぼくのうしろにシロガネ丸《まる》が乗《の》って、うちまでかえってきた。

シロガネ丸《まる》は、自分がまえに乗《の》るから、ぼくは西神田三郎次衛門一業《にしかんださぶろうじえもんかずなり》の幽《ゆう》霊《れい》とならんで、うしろに乗《の》ったらどうだといったが、正直いうと、ぼくは幽《ゆう》霊《れい》とならんですわるのは気がすすまなかった。それで、ぼくは、

「いや、となりにすわっても、ぼくだとことばが通《つう》じないから。」

とかなんとかごまかして、助手席《じょしゅせき》にすわったのだ。

ぼくがおどろいたのは、だれがどう見たってふつうじゃない西神田三郎次衛《にしかんださぶろうじえ》門一業《もんかずなり》の幽霊《ゆうれい》が車に乗《の》っても、運転手《うんてんしゅ》はまるでおどろきもせず、顔色ひとつかえなかったことだ。さすがに、東神《とうじん》グルー

プ会長の運転手《うんてんしゅ》を長いあいだやっているだけある。

うちにつくまで、シロガネ丸《まる》と西神田三郎次衛門一業《にしかんださぶろうじえもんかずなり》の幽霊《ゆうれい》はずっと話をしていたが、どうやら、西神田三郎次衛門一業《にしかんださぶろうじえもんかずなり》の幽霊《ゆうれい》は大がまのかわりに、ちゃんとしたかぶとを用意《ようい》してくれと、シロガネ丸《まる》に交渉《こうしょう》しているようだった。はじめはまるでわからなかったむかしの日本語も、きいているうちに、ちょっとはわかるようになってきた。

とちゅう、シロガネ丸《まる》はうしろからぼくに一度《ど》だけ声をかけてきた。

「なあ、ヒカル。瀬戸内妖怪島《せとうちようかいとう》での名まえだけどな、〈西神田三郎次衛門一業《にしかんださぶろうじえもんかずなり》の幽霊《ゆうれい》〉っていうのは長すぎるから、〈落《お》ち武者幽霊《むしゃゆうれい》〉っていうのはどうだといったら、自分は戦《たたか》っているあいだに死《し》んだのであって、落《お》ちのびているときに死《し》んだのではないから、〈落《お》ち武者幽霊《むしゃゆうれい》〉じゃないっていうんだ。それで、〈戦国荒武者幽霊《せんごくあらむしゃゆうれい》〉じゃあっていう提案《ていあん》をしてきたんだけど、どうかな？」

「波倉《なみくら》会長にきいてみないとわからないけど、ぼくはそれでいいと思うよ。」

ぼくはそう答えておいた。

ラッキーなことに、ぼくたちがうちについたとき、父さんも母さんも、もうねていて、西神《にしかん》田三郎次衛門一業《だざぶろうじえもんかずなり》の幽霊《ゆうれい》を見ることはなかった。

ついこのあいだ、ぼくは封怪函《ふうかいかん》で赤目長耳《あかめながみみ》と七里《しちり》わらぐつを瀬戸内妖怪島《せとうちようかいとう》にはこんだばかりだ。きっと、西神田三郎次衛門一業《にしかんださぶろうじえもんかずなり》の幽霊《ゆうれい》も瀬《せ》戸内妖怪島《とうちようかいとう》にうつり住《す》むことになるだろう。でも、ひょっとすると、西神田三郎次衛門一業《にしかんださぶろうじえもんかずなり》の幽霊《ゆうれい》は封怪函《ふうかいかん》ではなく、新幹線《しんかんせん》とフェリーを使《つか》って、瀬戸内妖怪島《せとうちようかいとう》にいくなんていいだすんじゃないだろうか。

ぼくはそれが心配《しんぱい》だ。

瀬《せ》戸《と》内《うち》妖《よう》怪《かい》島《とう》
七里《しちり》わらぐつ
階段《かいだん》でくたびれた
お客《きゃく》さんを上まで
はこぶ。
戦国荒武者幽霊《せんごくあらむしゃゆうれい》
島中《しまじゅう》をさまよいあるき、
お客《きゃく》さんをおどかす。
百目《ひゃくめ》
監視《かんし》カメラの
役目《やくめ》をする。
さとり
人の考えを読んで、
テーマパークの
警備《けいび》をする。
くんでの
ポンプ井戸《いど》
お客《きゃく》さんの
飲《の》み物係《がかり》。
幽霊船《ゆうれいせん》
テーマパークへ
お客《きゃく》さんをはこぶ。

北
西
東
南
赤目長耳《あかめながみみ》
寒《さむ》くなったお客《きゃく》さんを
耳でくるんで
あたためる。
妖怪《ようかい》フクロウ
金剛丸《こんごうまる》
島《しま》でまよったお客《きゃく》さんを
みつけて案内《あんない》する。

著者紹介　斉藤　洋（さいとう　ひろし）
1952年、東京に生まれる。現在、亜細亜大学教授。「ルドルフとイッパイアッテナ」（講談社）で第27回講談社児童文学新人賞受賞。「ルドルフともだちひとりだち」（講談社）で第26回野間児童文芸新人賞受賞。路傍の石幼少年文学賞受賞。「ベンガル虎の少年は……」『なん者・にん者・ぬん者』シリーズ、『ナツカのおばけ事件簿』シリーズ（以上あかね書房）など作品多数。

画家紹介　大沢幸子（おおさわ　さちこ）
1961年、東京に生まれる。東京デザイナー学院卒業。児童書の挿絵の作品に『なん者・にん者・ぬん者』シリーズ（あかね書房）、「おむすびころころ　かさじぞうほか」（講談社）、「まんてん小がっこうのびっくり月ようび」（ＰＨＰ研究所）、絵本の作品に「びっくりおばけばこ」（ポプラ社）、旅行記に「モロッコ旅絵日記　フェズのらくだ男」（講談社）などがある。

妖怪ハンター・ヒカル・3

かえってきた雪女

発行　2006年３月　初版発行
　　　2007年５月　第３刷
著者　斉藤 洋
画家　大沢幸子
発行者　岡本雅晴
発行所　株式会社あかね書房
　　　東京都千代田区西神田3-2-1 〒101-0065
　　　電話　03-3263-0641(代)
印刷所　錦明印刷株式会社
製本所　株式会社難波製本

NDC 913　99p　22cm
ISBN 978-4-251-04243-9